De la liste de ton
Irochures

J. B.

Yf 7008

ARLEQUIN SAUVAGE,

COMEDIE EN TROIS ACTES,

Repreſentée par les Comediens Italiens de S. A. R. Monſeigneur le Duc d'Orleans, Regent.

Par le Sieur D***

A PARIS,

Chez CHARLES-ESTIENNE HOCHEREAU, Quay des Auguſtins, près le Pont S. Michel, au Phenix.

M. DCC. XXII.

Avec Approbation & Privilege du Roy.

ACTEURS
de la Comedie.

LELIO, Amant de Flaminia.

MARIO, autre Amant de Flaminia.

PANTALON, pere de Flaminia.

FLAMINIA, Amante de Lelio.

VIOLETTE, Suivante de Flaminia.

ARLEQUIN, Sauvage.

SCAPIN, Valet de Lelio.

UN MARCHAND.

UN PASSANT.

L'HYMEN.

L'AMOUR.

TROUPE d'Amours.

TROUPE de Plaisirs.

TROUPE d'Archers.

La Scene est à Marseille.

ARLEQUIN
SAUVAGE.

ACTE PREMIER.
SCENE PREMIERE.

LELIO, SCAPIN.

LELIO.

S - tu tout préparé pour mon départ ?

SCAPIN.

La Felouque eſt arrêtée, & vous pourrez partir demain à l'heure que vous voudrez.

LELIO.

Je prétends que le jour ne me retrouve pas dans Marſeille : tous les momens

A ij

que je paſſe loin de Flaminia me ſem-
blent des ſiecles ; & je me livrerois avec
plaiſir à la fureur des tempêtes , ſi elles
me pouſſoient vers cette Belle avec plus
de rapidité.

SCAPIN.

Laiſſons-là les tempêtes, c'eſt une voi-
ture trop incommode ; l'experience que
nous en avons faite dans notre naufrage,
ne doit nous laiſſer aucune tentation pour
leur ſecours. Conſultez un peu vôtre
Sauvage ſur cela.

LELIO.

Il eſt vrai que ſa frayeur étoit grande ;
& ſi j'avois pû rire dans le peril où nous
étions , je me ſerois diverti de ſa colere ,
& des injures qu'il me diſoit à cauſe du
danger où je l'avois expoſé.

SCAPIN.

Il fut pourtant le moins embaraſſé ;
dès que le vaiſſeau fut échoüé , il n'atten-
dit pas la chaloupe pour ſe ſauver , mais
il ſe jetta à la nage , & fut le premier hors
de danger , ſans s'embaraſſer de ceux
qu'il y laiſſoit.

LELIO.

A propos d'Arlequin , où l'as - tu
laiſſé ?

SCAPIN.

Il eſt dans l'admiration de tout ce qu'il

voit, & vous ririez de son étonnement.

LELIO.

Je l'imagine assez : c'est pour m'en mé-
nager le plaisir, que j'ai défendu de l'ins-
truire de nos coûtumes. La vivacité de
son esprit qui brilloit dans l'ingenuité de
ses réponses, me firent naître le dessein
de le mener en Europe avec son ignoo-
rance : je veux voir en lui la nature toute
simple opposée parmi nous aux Loix, aux
Arts & aux Sciences ; le contraste sans
doute sera singulier.

SCAPIN.

Des plus singuliers.

LELIO.

Vas tout préparer pour demain ; je
vais chercher dans cette campagne un
homme avec qui j'ai quelques affaires.

SCENE II.

MARIO, LELIO.

MARIO.

JE commence à croire serieusement,
que les mariages sont écrits dans le
Ciel, & qu'il s'acomplissent sur la terre.
A peine Flaminia est dans cette Ville, que
je l'aime. Je parle, & son pere me l'ac-

corde : voilà mener les chofes du bon
pied. Mais que vois-je ! N'eſt-ce pas Lelio ? Oüi, c'eſt lui-même. Seigneur Lelio ?

LELIO.

Ah ! mon cher ami, eſt-ce vous ?

MARIO.

Je ſuis charmé de vous voir ; perſonne n'a pris plus de part à votre malheur
que moi. Pardonnez à mon empreſſement.
Votre naufrage a-t-il été auſſi funeſte à
votre fortune que l'on me l'a écrit d'Eſpagne ?

LELIO.

J'y devois tout perdre ; mais heureu-
ſement j'ai retrouvé ce que j'avois de plus
précieux, & ce que j'y ai perdu n'eſt pas
conſiderable.

MARIO.

Voilà la nouvelle du monde qui pouvoit le plus me flater, & je vous en felicite de tout mon cœur. Mais par quelle
avanture êtes-vous dans cette Ville ?

LELIO.

Par l'impatience de voir un objet aimable qui m'appelle en Italie. Je l'aimois
avant mon voyage ; le pere me l'avoit
accordée, & nous étions ſur le point
d'être heureux, lorſque je me vis obligé
d'aller aux Indes, pour y recueillir une

riche fucceſſion. Comme je trouvai les choſes en regle, j'y eus bientôt fini mes affaires : je partis : j'ai fait naufrage ſur la côte d'Eſpagne. Après en avoir ramaſſé les débris, & donné ordre à quelques affaires, je me ſuis embarqué ſur un vaiſſeau de cette Ville, pour paſſer d'ici en Italie.

MARIO.

Je ſuis charmé de tout ce que vous me dites. Pour vous rendre confidence pour confidence, je vous dirai que je ſuis amoureux auſſi, & que je vais me marier.

LELIO.

Comme je ſuis perſuadé que vous faites un choix digne de vous, je vous en felicite de tout mon cœur.

MARIO.

La perſonne eſt aimable, riche & d'un bon caractere.

LELIO.

C'eſt tout ce que l'on peut ſouhaiter. Eſt-elle de cette Ville ?

MARIO.

Non, elle eſt Italienne ; c'eſt la fille d'un de mes amis. Des affaires importantes l'ont appellé ici, où il eſt depuis quinze jours avec cette aimable perſonne. Comme il eſt logé chez moi, j'ai eu occaſion de la voir ſouvent : elle m'a plû je l'ai dit au pere, il me l'accorde ; voilà en deux mots toute mon histoire.

LELIO.

Je souhaite que la possession de cette charmante personne , & le temps que vous aurez de vous mieux connoître , ne fasse qu'augmenter vos feux.

MARIO.

J'espere d'estre heureux avec elle. Mais vous me ferez bien l'honneur d'assister à ma nôce.

LELIO.

Je m'y convierois de moi-même , si je pouvois. Vous aimez, & vous connoissez l'inquietude des amans , lorsqu'ils sont éloignez de ce qu'ils aiment ; ainsi je n'ai besoin que de mon amour pour me justifier auprès de vous : j'ai quelques affaires dans cette Ville , ausquelles il faut que je donne ordre , & je parts demain. Adieu , je suis obligé de vous quitter ; j'aurai l'honneur de vous embrasser chez vous avant que de partir.

MARIO.

Je suis fâché de ne pouvoir pas vous arrêter, mais il faut vous laisser libre. Adieu.

SCENE III.

LELIO, ARLEQUIN.

LELIO.

Allons. Mais voilà Arlequin.

ARLEQUIN.

Les sottes gens que ceux de ce Païs :
les uns ont de beaux habits qui les rendent fiers ; ils levent la tête comme des
Autruches , on les traîne dans des cages,
on leur donne à boire & à manger, on
les met au lit , on les en retire ; enfin on
diroit qu'ils n'ont ni bras ni jambes pour
s'en servir.

LELIO.

Le voilà dans les reflexions , il faut que
je m'amuse un moment de ses idées. Bon
jour , Arlequin.

ARLEQUIN.

Ah ! te voilà : bon jour , mon ami.

LELIO.

A quoi penses-tu donc ?

ARLEQUIN.

Je pense que voici un mauvais Pays ,
& si tu m'en crois , nous le quitterons
bien vîte.

LELIO.

Pourquoi ?

ARLEQUIN.

Parce que j'y vois des Sauvages inso-
lens qui commandent aux autres, & s'en
font fervir, & que les autres, qui font
en plus grand nombre, font des lâches,
qui ont peur, & font le métier des bêtes:
je ne veux point vivre avec de telles gens.

LELIO.

Tu loüeras un jour ce que ton ignorance te fait condamner aujourd'hui.

ARLEQUIN.

Je ne fçai; mais vous me paroiffez de
fots animaux.

LELIO.

Tu nous fais beaucoup d'honneur.
Ecoutes, tu n'es plus parmi des Sauvages, qui ne fuivent que la nature brute
& groffiere, mais parmi des Nations civilifées.

ARLEQUIN.

Qu'eft-ce que cela, des Nations civilifées ?

LELIO.

Ce font des hommes qui vivent fous
des Loix.

ARLEQUIN.

Sous des Loix. Et quels Sauvages font
ees gens-là.

LELIO.

Ce ne font point des Sauvages, mais

un ordre puifé dans la raifon, pour nous
retenir dans nos devoirs, & rendre les
hommes fages & honnêtes gens.

ARLEQUIN.

Vous naiffez donc fous & coquins dans
ce pays ?

LELIO.

Pourquoy le penfes-tu ?

ARLEQUIN.

Il n'eft pas bien difficile de le deviner.
Si vous avez befoin de Loix pour être fages & honnêtes gens, vous êtes fous &
coquins naturellement : cela eft clair.

LELIO.

Bon : nous naiffons avec nos deffauts
comme tous les hommes. La raifon feule
foûtenuë d'une bonne éducation peut les
reformer.

ARLEQUIN.

Vous avez donc de la raifon ?

LELIO.

Belle demande ! Sans doute.

ARLEQUIN.

Et comment eft faite votre raifon ?

LELIO.

Que veux-tu dire ?

ARLEQUIN.

Je veux fçavoir ce que c'eft que votre
raifon.

LELIO.

C'eft une lumiere naturelle, qui nous fait connoître le bien & le mal, & qui nous apprend à faire le bien & à fuir le mal.

ARLEQUIN.

˝ Eh mor-non de ma vie, votre raifon eft faite comme la nôtre.

LELIO.

Apparemment, il n'y en a pas deux dans le monde.

ARLEQUIN.

Mais puifque vous avez de la raifon, pourquoi avez-vous befoin de Loix ; car fi la raifon apprend à faire le bien & à fuir le mal, cela fuffit, il n'en faut pas davantage.

LELIO.

Tu n'en fçais pas affez pour comprendre l'utilité des Loix : elles nous apprennent à faire un bon ufage de la vie pour nous & pour nos freres ; l'éducation que l'on nous donne nous rend plus aimables à leur égard. Si nous leur offrons quelque chofe, nous l'accompagnons de complimens & de politeffes qui donnent un nouveau prix à la chofe.

ARLEQUIN.

Cela eft drôle. Fais-moi un peu un compliment, afin que je fache ce que c'eft.

LELIO.

Suppofons que je te veux donner à dîner.

ARLEQUIN.

Fort bien.

LELIO.

Au lieu de te dire groffierement : Arlequin, viens dîner avec moi; je te faluë
poliement , & je te dis : mon cher Arlequin , je vous prie très-humblement de
ne faire l'honneur de venir dîner avec
moy.

ARLEQUIN.

Mon cher Arlequin , je vous prie
très - humblement de me faire l'honneur
de venir dîner avec moy. Ah , ah , ah !
la drôle de chofe qu'un compliment !

LELIO.

Vous ne ferez pas traité auffi-bien que
vous le meritez.

ARLEQUIN.

Cela ne vaut rien , ôtes-le de ton compliment.

LELIO.

Je voudrois bien vous faire meilleure
chere.

ARLEQUIN.

Eh-bien! fais-la moi meilleure, & laiffe
tout ce difcours inutile.

LELIO.

Ce que je te dis n'empêche pas que je
ne te faſſe bonne chere ; ce n'eſt que pour
te faire comprendre que je t'aime tant,
& que mon eſtime pour toi eſt ſi forte,
que je ne trouve rien d'aſſez bon pour
toy.

ARLEQUIN.

Tu me crois donc bien friand. Allons,
je te paſſe le compliment, puiſqu'il n'empêche point que tu ne me faſſe bonne
chere ; quoiqu'à te parler franchement,
j'aurois bien autant aimé que tu m'euſſe
dit ſans façon, que tu me vas bien traiter.

LELIO.

C'eſt-là le moindre avantage que l'é-
ducation produit chez les hommes.

ARLEQUIN.

A te dire la verité, je trouve cet avantage bien petit.

LELIO.

Elle nous rend humains & charitables.

ARLEQUIN.

Bon cela.

LELIO.

Elle nous fait entrer dans les peines
d'autruy.

ARLEQUIN.

Bon bon.

LELIO.

Elle nous engage à prévenir leurs be-
foins.

ARLEQUIN.

Cela eſt excellent.

LELIO.

A proteger l'innocence, à punir les vi-
ces. C'eſt par elle que dans ce pays on
trouve à ſa porte tout ce que l'on a befoin, ſans ſe donner la peine de l'aller
chercher : on n'a qu'à parler, & ſur le
champ on voit cent perſonnes qui cou-
rent pour prévenir vos beſoins.

ARLEQUIN.

Quoi ! l'on vous apporte ici tout ce
que vous demandez pour vous épargner
la peine de l'aller chercher vous-même.

LELIO.

Sans doute.

ARLEQUIN.

Je ne m'étonne donc plus ſi tu fais ſi
bonne chere, & je commence à voir que
dans le fond vous ne valez rien, mais que
les Loix vous rendent meilleurs & plus
heureux que nous; puiſque cela eſt ainſi,
je te ſuis bien obligé de m'avoir mené
dans ton Pays : pardonne à mon ignorance : tu vois bien qu'à voir tout ce que
vous faites, je ne pouvois pas m'imagi-
ner que vous fuſſiez ſi honnêtes gens.

LELIO.

Je le fçay. Retourne au Logis : je te diray le refte une autre fois.

ARLEQUIN.

Ce Pays-cy eft original : qui diab'e auroit jamais deviné qu'il y eut eu des hommes dans le monde qui euffent befoin de Loix pour devenir bons ?

SCENE IV.

PANTALON, FLAMINIA, VIOLETTE, ARLEQUIN.

PANTALON.

Que dites-vous de ce pays-cy, ma fille ?

FLAMINIA.

Qu'il eft charmant, mon Pere.

PANTALON.

Aimeriez-vous à y refter ?

FLAMINIA.

Beaucoup, mon Pere.

PANTALON.

Eh-bien, vous y refterez : notre Hôte le Seigneur Mario vous aime, il vous demande en mariage, & je vous ay promife.

FLAMINIA.

Ciel ! que m'apprenez-vous ? Et Lelio ?

PANTALON

PANTALON.

Il le faut oublier ; il a perdu fon
bien par un naufrage , & fon eftat ne
vous permet plus de penfer à luy , ni luy
à vous.

FLAMINIA.

Et qu'importe de fon eftat , s'il m'aime toûjours, & s'il eft toûjours aimable?
Il peut avoir perdu fon bien , mais fon
merite luy refte.

PANTALON.

C'eft perdre fon merite que de perdre
fon bien.

FLAMINIA.

Oüy , pour une autre ame que pour la
mienne. Si fes malheurs font vrais, ils me
donneront le plaifir de le retirer des mains
de la mauvaife fortune, pour luy rendre
par celles de l'amour ce que la tempête
luy a ravi.

PANTALON.

Confultez moins votre cœur que votre raifon ; ce n'eft que d'elle dont vous
avez befoin aujourd'huy.

FLAMINIA.

Mon cœur & ma raifon font d'accord.

*Arlequin pendant cette Scene fe pro-
mene fur le Theatre, & va donner dans
le nez de Pantalon.*

B

SCENE V.

ARLEQUIN, PANTALON,
FLAMINIA, VIOLETTE.

ARLEQUIN.

Oh, le plaifant animal ! je n'en ay jamais vû comme celuy-là. Ah, ah, ah, la ridicule figure !

PANTALON.

Qui eft cet impertinent ?

ARLEQUIN.

Dis-moy, comment appelles-tu cette befte-là ?

FLAMINIA.

Vous eftes un infolent, c'eft un homme refpectable, qui vous fera roüer de coups, fi vous n'y prenez garde.

ARLEQUIN.

Luy, un homme : ah, ah, ah, la drôle de figure ! Dis-moy, Barbette, de quelle diable d'efpece eft-tu donc ? car je n'ay jamais vû d'hommes, ni de beftes faits comme toy.

PANTALON.

Maraut, fi tu ne te retires, tu pourras bien avec ta Barbette t'attirer une volée de coups de bâtons.

ARLEQUIN.

Quels diables de gens font donc ceux-
cy ? ils fe fâchent de tout : je t'appelle
Barbette, parce que tu as une barbe longue, longue.

VIOLETTE.

Ne lui faites point de mal, Monfieur,
ne voïez-vous pas que c'eft un pauvre
innocent ?

ARLEQUIN

Elle eft bonne celle-là ; elle fçait apparemment mieux les Loix que les autres.

FLAMINIA.

Le pauvre homme a l'efprit troublé.

ARLEQUIN.

Vous en avez menti ; je fuis un homme fage, un ignorant à la verité, un âne,
une bête, un fauvage qui ne connoît point
de Loix, mais d'ailleurs un très galand
homme, plein d'efprit & de merite.

FLAMINIA.

Je le crois, mon ami. Cet homme-là
me fait peur.

PANTALON.

Un homo favio, de fpirito, un igno-
rante, un afino, una beftia, ma pur ho-
mo de grand merito, ah, ah, ah !

FLAMINIA.

Il y a quelque chofe de fingulier en

luy. Ecoute, mon ami, de quel pays
es-tu?

ARLEQUIN.

Moi ? je fuis d'un grand bois où il ne
croît que des ignorans comme moi, qui
ne fçavent pas un mot de Loix; mais qui
font bons naturellement. Ah ah , nous
n'avons pas befoin de leçons nous autres,
pour connoiftre nos devoirs; nous fommes fi innocens, que la raifon feule nous
fuffit.

FLAMINIA.

Si cela eft, vous en fçavez beaucoup.
Mais comment êtes-vous venu ici ?

ARLEQUIN.

Je fuis venu dans un grand canot long,
long, pouf, il étoit long comme le diable, nous y étions moi & puis le Capitaine, & puis trois autres Nations que
l'on appelle les Matelots, les Soldats &
les Officiers.

FLAMINIA.

Sa fimplicité eft extrême : c'eft un Sauvage, comme il le dit , qui ne fçait rien
encore de nos mœuts.

ARLEQUIN.

Oh pour cela pas un mot : tout ce que
je fçai, c'eft que vous naiffez fous &
coquins, mais que les Loix vous rendent
fages & honnêtes gens. C'eft le Capitai-

ne qui me l'a apris ; il les fçait bien luí
les Loix. Les fçais-tu bien auffi toi ?

FLAMINIA.

Sans doute.

ARLEQUIN.

Tu es donc de ces honnêtes filles quí
offrent aux paffans ce qui leur fait plaifir ?

FLAMINIA.

Tu me fais bien de l'honneur.

ARLEQUIN.

Je crois que cette grace-là les fçait
mieux que toi.

FLAMINIA.

Pourquoi ?

ARLEQUIN.

Parce qu'elle eft bonne , & qu'elle n'a
pas voulu que tu me fis du mal. Dis-
moi, je la trouve jolie , crois-tu qu'elle
m'aime ?

FLAMINIA.

Elle vous aimera fi elle vous trouve aimable : effayez. (*à part*) Il faut que je
me divertîffe aux dépens de Violette.

ARLEQUIN.

Elle eft appetiffante. Je vous trouve
bien aimable, & je n'ai jamais vû de fille
qui m'ait plû davantage, en verité.

VIOLETTE.

Vous êtes bien obligeant, Monfieur.

ARLEQUIN.

Je ne suis point Monsieur, je m'appelle
Arlequin.

VIOLETTE.

Arlequin : que ce nom est joli !

ARLEQUIN.

Oüi. Et le vôtre est-il aussi joli que
vous ? Dites-le moi, je vous en prie.

VIOLETTE.

Je me nomme Violette.

ARLEQUIN.

Violette, le charmant petit nom : il
vous convient bien ; vous êtes si fleurie,
que vous devez être de la race des fleurs.

FLAMINIA.

Comment ! cela est dit avec esprit.

PANTALON.

J'ai entendu dire que les Sauvages par-
loient toujours par metaphore.

FLAMINIA.

Il est fort joli.

ARLEQUIN *à Violette.*

Vous entendez bien, cette fille me
trouve joli : me trouvez-vous joli, vous ?

VIOLETTE.

Oüi.

ARLEQUIN.

Vous m'aimez donc ; car on doit aimer ce que l'on trouve joli.

VIOLETTE.

On n'aime pas si facilement dans ce pays, il faut bien d'autres chofes.

ARLEQUIN.

Eh que faut-il de plus ? Vous verrez que c'eſt encore là un tour des Loix que je n'entends pas ; foin de mon ignorance. Ecoutez, je ne ſçai qu'aimer, s'il faut quelque autre choſe pour fe rendre aimable, aprenez-le moi, & je le ferai.

VIOLETTE.

Il faut dire de jolies chofes, faire des careſſes tendres.

ARLEQUIN.

Pour des careſſes, je ſçai ce que c'eſt, & je vous en ferai tant que vous voudrez. Quant aux jolies chofes, je ne les ſçai pas en verité ; mais commençons toujours par les careſſes, en attendant que j'aye apris le reſte.

VIOLETTE.

Non pas cela ; il faut au contraire commencer par les jolies chofes, afin de gagner le cœur de fa Maîtreſſe, & obtenir d'elle la permiſſion de luy faire des careſſes.

ARLEQUIN.

Mais comment diable voulez-vous que je vous les diſe, ces jolies chofes ? je ne les fçai pas : aprenez-les moi, & je vous les dirai.

VIOLETTE.

Ce n'eft point à moy à vous les apprendre.

ARLEQUIN.

Eh comment ferai-je donc ?

FLAMINIA.

Le voilà bien embarraffé. Ecoute, dire de jolies chofes, c'eft loüer la beauté de fa Maîtreffe, la comparant avec efprit à ce qu'on voit de plus beau ; lui vanter fes feux & la fincerité de l'amour que l'on fent pour elle.

ARLEQUIN.

Eh ventre de moi, nous en difons donc de jolies chofes, lorfque nous fommes dans nos bois. Pefte de ma bêtife : écoutez feulement, je vais vous dire les plus jolies chofes du monde : écoutez, écoutez bien.

VIOLETTE.

J'écoute.

ARLEQUIN.

Vous êtes plus belle que le plus beau jour ; vos yeux font comme le Soleil & la Lune lorfqu'ils fe levent : votre nez eft comme une montagne éclairée de leurs rayons, & votre vifage une plaine charmante, où l'on voit naître des fleurs de

tous

tous les côtez. Eh bien ! cela n'eſt il pas joli ?

VIOLETTE.

Pas trop : je ſerois horrible, ſi j'étois faite comme vous dites-là. Deux grands yeux comme le Soleil & la Lune, un nez comme une montagne, ſi je ferois peur.

ARLEQUIN.

Vous ne trouvez donc pas cela beau.

VIOLETTE.

Non.

ARLEQUIN

Je ne ſçai qu'y faire ; je n'en ſçai pas davantage. Tenez, cela me broüille, donnez-moi le temps d'aprendre ces jolies choſes que je ne ſçai pas ; & en attendant, faiſons l'amour comme on le fait dans les bois, aimons-nous à la Sauvage.

FLAMINIA.

Arlequin a raiſon, Violette ; tu dois faire l'amour à ſa maniere, juſqu'à ce qu'il ſache la tienne.

ARLEQUIN.

Oüi, car ma maniere eſt facile : on la ſçait, celle-là, ſans l'avoir apriſe. Allons, dans mon pays on preſente une allumette aux filles : ſi elles la ſoufflent, c'eſt une marque qu'elles voulent vous accorder leurs faveurs ; ſi elles ne la ſouf-

C

flent pas , il faut fe retirer. Cette metho-
de vaut bien celle de ce pays; elle abrege
tous les difcours inutils.

Il allume une allumette.

PANTALON.

Que dis - tu de la conquefte de Violette ?

FLAMINIA.

Elle n'eft pas brillante ; mais elle eft
plus affurée que la plûpart de celles dont
nos beautez fe flatent.

Arlequin avec l'allumette.

ARLEQUIN.

Voici une ceremonie fans compliment
qui vaut mieux que toutes celles de ce
pays.

*Il prefente l'allumette , Violette
la fouffle.*

Ah ! quel plaifir ! Allons , ne perdons
point de tems : Il ne s'agit plus de complimens icy , venez ma belle.

Il l'emporte dans fes bras.

VIOLETTE.

Ah ! ah ! Monfieur , au fecours.

PANTALON.

Tout beau , Arlequin , ce n'eft pas
comme cela qu'il faut s'y prendre.

ARLEQUIN.

Pourquoi m'ôtes tu cette fille ?

PANTALON.

Parce que la violence n'eſt pas per-
miſe.

ARLEQUIN.

Je ne luy fais pas violence, elle le veut
bien , puiſqu'elle a ſoufflé mon allumette.

PANTALON.

Tu vois pourtant qu'elle crie.

ARLEQUIN.

Bon , elles font toutes comme cela , il
n'y faut pas prendre garde.

FLAMINIA.

On ne va pas ſi vîte dans ce pays.

ARLEQUIN.

Qu'eſt ce que cela me fait ; ne ſom-
mes-nous pas convenus de faire l'amour
à la ſauvage ?

FLAMINIA.

Oüi, mais non pas pour l'allumette,
cela feroit tort à Violette.

ARLEQUIN.

Eh pourquoi ? n'eſt-elle pas la maîtreſſe de faire ce qui luy fait plaiſir , lorſque la choſe ne fait mal à perſonne ?

FLAMINIA.

Non, cela eſt défendu.

ARLEQUIN.

Vous êtes des foux , de défendre ce qui
vous fait plaiſir.

FLAMINIA.

Ecoute, si tu es sage, je te donnerai
Violette. Tu vois bien cette Maison ?

ARLEQUIN.

Oüi.

FLAMINIA.

C'est là où Violette & moi demeurons,
viens nous y voir, & nous t'apprendrons
à faire l'amour à la maniere du pays.

ARLEQUIN.

Allons.

FLAMINIA.

Non pas à present, tu viendras une
autre fois.

ARLEQUIN.

Eh pourquoi pas à present ?

FLAMINIA.

Parce que Violette a des affaires.

ARLEQUIN.

Mais je n'en ai point moi, d'affaires.

FLAMINIA.

Je le crois ; mais Violette en, & tu
dois avoir de la complaisance pour elle.

ARLEQUIN.

Cela est-il joli, d'avoir de la complaisance ?

FLAMINIA.

Sans doute, il n'y a rien de plus joli.

ARLEQUIN.

Allez donc faire vos affaires ; mais

faites vîte ; car je fuis preffé.

VIOLETTE.

Adieu, Arlequin.

Arlequin refte feul.

SCENE VI.

ARLEQUIN, UN MARCHAND.

LE MARCHAND.

Monfieur, voulez-vous acheter quelque chofe ?

ARLEQUIN.

Eh.

LE MARCHAND.

Si vous voulez de ma marchandife,
voyez.

Il déploye fa boutique.

ARLEQUIN.

Pourquoi me fais-tu voir cela ?

LE MARCHAND.

Afin que vous voyiez s'il y a quelque
chofe qui vous faffe plaifir.

ARLEQUIN.

Et s'il y a quelque chofe qui me faffe
plaifir, tu me le donneras.

LE MARCHAND.

Avec joye, je ne demande pas mieux.

ARLEQUIN.

Le Capitaine a raiſon , il ne ment pas
d'un mot. Et tu vas donc par le païs por-
ter ces choſes, pour chercher des gens
qui les prennent ?

LE MARCHAND.

Oüi, Monſieur, il le faut bien.

ARLEQUIN.

Les bonnes gens ! les bonnés gens ! &
la belle choſe que les Loix !

LE MARCHAND.

Voyez donc, Monſieur, ce qu'il vous
plaira.

ARLEQUIN.

Cela me paſſe : voyons.

*Il regarde avec beaucoup de jeu : il
voit le portrait d'une femme , qu'il croit
être une femme veritable.*

Ah ! qu'eſt-ce que cela ? une femme ?
qu'elle eſt petite !

LE MARCHAND.

Elle eſt jolie, n'eſt-ce pas ?

ARLEQUIN *la careſſe.*

Petite ma mour.

Il la careſſe.

Qu'elle eſt gentille ! Mais comment
diable l'a-t'on pû faire tenir là ?

LE MARCHAND.

Ah, ah ! vous vous divertiſſez.

ARLEQUIN.

Je ne comprends pas qu'il puisse y.
avoir de si petites femmes. Fait-on celles-
là comme les autres ?

LE MARCHAND *luy montre*
un pinceau.

Voilà avec quoi on les fait.
ARLEQUIN.
Eh comment nommes-tu cela ?

LE MARCHAND.
Un pinceau.
ARLEQUIN.
Ah, ah, ah ! la plaisante chose, &
les drôles d'instrumens que ceux dont on
fabrique ici les hommes : ah ! ma foi, ce
païs est original en toute chose. Dis-moi,
mon ami, t'a-t-on fait aussi avec un pinceau ?

LE MARCHAND.
Moi ?

ARLEQUIN.

LE MARCHAND.
Moi ! Si l'on m'a fait avec un pinceau ?
ah, ah, ah, ah ! Et vous a-t-on fait
avec un pinceau ?
ARLEQUIN.
Bon ? je suis d'un païs d'ignorans,
ignorantissimes, où les hommes sont si

bêtes, qu'ils n'en ſçauroient faire d'autres ſans femmes.

LE MARCHAND.

Effectivement, voilà une grande ignorance, nous en ſçavons bien davantage ici, comme vous voyez.

ARLEQUIN.

Le diable m'emporte, ſi j'y comprends rien.

LE MARCHAND.

Allons, Monſieur, voyez ce qui vous fait plaiſir.

ARLEQUIN.

Tout me fait plaiſir.

LE MARCHAND.

Eh bien, prenez tout.

ARLEQUIN.

Mais tu n'auras rien après.

LE MARCHAND.

Tant mieux ; un Marchand ne demande pas mieux que de ſe défaire de ſa marchandiſe.

ARLEQUIN.

Tu te nommes donc un Marchand ?

LE MARCHAND.

Oüi.

ARLEQUIN.

Je ſuis bien aiſe de ſçavoir le nom d'un ſi bon homme. Donne. Voilà une bonté ſans exemple : le Capitaine eſt trop ai-

mable, de m'avoir conduit chez de si
bonnes gens.

Il prend tout.

LE MARCHAND.

Mais combien m'en voulez-vous donner ?

ARLEQUIN.

Moi ? je n'ai rien à te donner, & j'en
suis bien fâché ; car je suis naturellement
bon, quoique je ne sache pas les Loix.

LE MARCHAND.

Ce n'est pas là mon compte, il me faut
cinq cens francs.

ARLEQUIN.

Je veux mourir si j'ai un franc, ni si je
sçai seulement ce que c'est.

LE MARCHAND.

Rendez-moi donc ma marchandise.

ARLEQUIN.

Bon, tu veux rire.

LE MARCHAND.

Je ne ris point : rendez ce que vous
avez à moi, ou je m'irai plaindre.

ARLEQUIN.

Eh à qui !

LE MARCHAND.

Au Juge.

ARLEQUIN.

Quel animal est-ce que cela ?

ARLEQUIN

LE MARCHAND.

C'eſt un honnête homme qui fait exé-
cuter les Loix, & pendre ceux qui y
manquent, entendez-vous ?

ARLEQUIN.

Ainſi ſi tu manquois à la Loi, il te feroit pendre.

LE MARCHAND.

Sans doute.

ARLEQUIN.

Il feroit fort bien : à ce que je vois, la
bonté des gens de ce pays n'eſt pas vo-
lontaire, on les fait eſtre bons par force.

LE MARCHAND.

Allons, Monſieur, je ne ris pas,
payez-moi, ou rendez-moi ma marchandiſe.

ARLEQUIN.

Je meure, ſi j'entends rien de ce que
tu dis : payez - moi, donnez - moi des
francs. Quel diable de galimatias eſt-ce
cela ?

LE MARCHAND.

Ah ! que de raiſons.

ARLEQUIN.

Pourquoi te fâches-tu ? tu m'es venu
offrir ta marchandiſe de bonne amitié, je
l'ai priſe pour te faire plaiſir, & à preſent tu te mets en colere contre moi, ſi
cela eſt vilain.

LE MARCHAND.

Vous n'êtes qu'un fripon; & si vous
ne me rendez promptement ce que vous
avez à moi, je. . . .

ARLEQUIN.

Hola ho ! Si tu ne t'en vas bien vîte ,
je t'assommerai.

LE MARCHAND.

Comment, est-ce ainsi que l'on paye
les gens ? au voleur.

Il se jette sur Arlequin ,
qui le charge.

Au secours , misericorde.

ARLEQUIN.

Il faut que j'arrache la chevelure à ce
coquin.

Il leve le sabre , & le Marchand
abandonne sa perruque en fuyant.

LE MARCHAND.

Ah mon Dieu ! me voilà ruiné.

SCENE VII.

ARLEQUIN *seul.*

Oh , oh ! Qu'est - ce donc que
cela ? Cette chevelure n'est point naturelle.. Comment diable, à ce que je
vois, les gens d'ici ne sont point tels,

qu'ils paroiſſent , & tout eſt emprun-
té chez eux , la bonté , la ſageſſe,
l'eſprit › la chevelure. Ma foi , je commence tout de bon à avoir peur, me
voyant obligé de vivre avec de tels animaux : allons trouver le Capitaine, pour
ſçavoir de lui ce que c'eſt que tout cela.

Fin du premier Acte.

ACTE SECOND.

SCENE PREMIERE.

ARLEQUIN *seul.*

LE Capitaine m'a dit que les gens de
ce pays étoient bons, & je les trouve
tous méchans comme des diables ; cela
viendroit-il de mon ignorance ?

SCENE II.

ARLEQUIN, Troupe D'ARCHERS, LE MARCHAND.

UN ARCHER.

Voila un homme qui reſſemble à celui
dont on nous a fait le portrait : abordons-
le. Bon jour, mon ami.

ARLEQUIN.

Bonjour.

Il tourne autour d'eux, &
les regarde.

Voila des Sauvages de mauvaise mine.

L'ARCHER.

N'avez-vous point vû passer un Marchand ?

ARLEQUIN.

Qui portoit de la marchandise pour attraper les passans.

L'ARCHER.

Cela peut bien estre.

ARLEQUIN.

Un petit vilain homme.

L'ARCHER.

Justement.

ARLEQUIN.

Ah, ah ! je l'ai vû ; il m'a joüé un tour du diable.

L'ARCHER.

Voyez ce coquin.

ARLEQUIN.

Il m'a fait, je vous dis, un tour exécrable ; mais il l'a bien payé ; car je n'aime pas que l'on se mocque de moi.

L'ARCHER.

Vous avez raison. Voyez si ce n'est pas un fripon : il nous a dit que vous lui aviez pris sa marchandise, & que vous n'avez pas voulu la luy payer.

ARLEQUIN.

Il vous l'a dit ?

L'ARCHER.

Oüi.

ARLEQUIN.

J'en suis bien aise, il vous a dit la verité. Et vous at-il dit aussi que je l'ai
bien battu ?

L'ARCHER.

Oüi, il nous a rendu compte de tout
fort exactement.

ARLEQUIN.

Cela me surprend, je ne lui croyois
pas tant de bonne foi. Ce coquin m'est
venu offrir sa marchandise: il m'a tant
prié de la prendre, que je l'ai prise pour
luy faire plaisir : aprè cela ce belître vouloit que je lui donnasse des francs. Si j'en
avois eu, je lui en aurois donné de bon
cœur; mais je ne sçai pas même ce que
c'est. Il s'est fâché parce que je n'avois
pas de francs à lui donner, & il vouloit
que je lui rendisse sa marchandise : cela
m'a mis en colere, parce que je voyois
qu'il se mocquoit de moi; ainsi je lui ai
donné tant de coups de bâton, que je
l'aurois assommé s'il n'avoit pas pris la
fuite

L'ARCHER.

Fort bien.

ARLEQUIN.

Oh le voilà : écoutes, belître, n'est-il

pas vrai que tu es venu m'offrir ta marchandise ?

LE MARCHAND.

Oüi : eh-bien que voulez-vous dire ?
Messieurs, c'est-là le voleur.

ARLEQUIN.

Que je l'ai prise.

LE MARCHAND.

Oüi.

ARLEQUIN.

Q'après cela tu voulois que je te donnasse des francs, ou que je te rendisse ta
marchandise.

LE MARCHAND.

Assurément, j'en voulois cinq cent
francs, & c'étoit son prix.

ARLEQUIN.

Ecoutez bien : ne t'ai-je pas dit que
je n'avois point de francs ?

LE MARCHAND.

Oüi.

ARLEQUIN.

Ne t'ai-je pas dit aussi que je ne vou-
lois-pas te rendre ta marchandise ?

LE MARCHAND.

Oüi.

ARLEQUIN.

Ne n'es-tu pas fâché, parce que je n'a-
vois pas des francs, & que je ne voulois
pas te rendre ta marchandise ?

LE

LE MARCHAND.

Affurément que je me fuis fâché, n'avois je pas raifon ?

ARLEQUIN.

Ecoutez bien, écoutez bien, Meffieurs : ne t'ai-je pas donné à la place des cinq cens francs, cinq cens coups de bâton ?

LE MARCHAND.

Si je l'avois oublié, mes épaules m'en feroient bien fouvenir.

ARLEQUIN.

Eh-bien, vous voyez que je ne mens pas d'un mot ; je ne le fais pas parler.

L'ARCHER.

Nous le voyons.

LE MARCHAND.

Il ne faut point d'autres preuves, Meffieurs, que fa propre confeffion.

L'ARCHER.

Nous fommes fuffifamment inftruits, & l'on vous rendra juftice.

ARLEQUIN *à l'Archer*.

Ecoutez, ce fripon ne fçait la Loi qu'à moitié : fçavez-vous ce que je veux faire ?

L'ARCHER.

Que voulez vous faire ?

ARLEQUIN.

Je veux aller trouver le Juge, pour,

D

ARLEQUIN

luy faire donner encore une leçon des
Loix.

L'ARCHER.

Vous avez raison : venez avec nous ,
nous allons vous y mener.

ARLEQUIN.

Je ne puis pas à preſent.

L'ARCHER.

Il faut bien que vous le puiſſiez ; car
cela eſt neceſſaire.

ARLEQUIN.

Non, vous dis-je, je ne le puis pas en
verité, j'ai des affaires.

L'ARCHER.

Vous les ferez une autre fois.

ARLEQUIN.

Oh non., la choſe preſſe ; je ſuis amoureux d'une jolie fille : lorſque je l'aurai
vûë, je vous irai trouver , ſi je le puis.

L'ARCHER.

Allons , Monſieur le fripon , vous faites
l'innocent ; je vous connois , marchez.

ARLEQUIN.

Que veux donc dire cela ?

L'ARCHER.

Cela veut dire qu'il faut venir en
priſon.

ARLEQUIN.

Je n'y veux pas aller moi.

L'ARCHER.

On vous y fera bien aller.

ARLEQUIN.

Si tu me fâches, je prierai le Juge de
te donner aussi une leçon des Loix.

L'ARCHER

Marche : il va t'en faire donner une,
après laquelle tu n'en auras pas besoin
d'autres.

ARLEQUIN.

Je ne veux pas de ses leçons moi; le
Capitaine m'apprendra bien les Loix sans
luy.

L'ARCHER.

Il s'y est pris un peu trop tard; & je
te promets que demain à cette heure, tu
seras dûëment pendu & étranglé.

ARLEQUIN.

Moi !

L'ARCHER.

Oüi toi

ARLEQUIN.

Eh pourquoi ?

L'ARCHER.

Pour toutes les gentillesses que tu viens
de nous raconter.

ARLEQUIN.

Ecoute, si tu me fais mettre en colere,
je t'assommerai, toi, & tous les coquins
qui te suivent.

L'ARCHER.

Allons, qu'on le faisisse.

Les Archers se jettent sur Arlequin,
& l'enlevent malgré sa résistance. Sur
ces entrefaites Lelio arrive.

SCENE III.

LELIO, ARLEQUIN, LES
ARCHERS, LE MARCHAND.

LELIO.

C'est Arlequin que ces Archers ont
pris, il aura fait quelque sotise. Mes-
fieurs, où menez-vous cet homme ? il
m'appartient.

L'ARCHER.

C'est un voleur de grand chemin que
nous conduisons en prison, pour avoir
volé ce Marchand.

LE MARCHAND.

Oüi, Monsieur, il m'a volé.

ARLEQUIN.

Ah ! damné de Capitaine, que le diable te puisse emporter avec tous les honnêtes gens de ton pays, qui viennent
poliment vous offrir les choses pour vous
attraper, & vous faire ensuite étrangler :

ah ! fcelerat, ne m'as-tu mené de fi loin
que pour me ioüer ce tour ?

LE MARCHAND.

Il fait ainfi l'innocent : je luy ai voulu vendre tantôt ma marchandife , il l'a
prife , & puis il faifoit femblant de croire
que j'avois voulu la luy donner : il faifoit le niais , comme s'il n'avoit jamais
vû d'argent , & à la fin il ne m'a payé
qu'à coups de bâton.

LELIO.

Eh ! Meffieurs, ce pauvre homme eſt
un Sauvage que j'ai mené avec moi : il
n'a aucune connoiffance de nos ufages ;
& ce matin pour me divertir de fon ignorance, je luy ai dit que l'on trouvoit ici
toutes les chofes dont on avoit befoin
fans peine , & qu'il y avoit des gens qui
venoient vous les offrir , fans expliquer
que c'eſt pour de l'argent : il a pris ce
que je luy ai dit au pied de la lettre, parce qu'il n'en fçavoit pas davantage ; ainfi
je fuis la caufe innocente du mal qu'il
vous a fait , & je veux le réparer. Dites-
moi, Monfieur, ce qu'il a à vous, je vous
le payerai.

L'ARCHER.

Si cela eſt ainfi , ce pauvre homme n'a
pas tort : payez feulement ce Marchand,
& ramenez votre Sauvage chez vous.

ARLEQUIN
LE MARCHAND.

Que Monſieur me faſſe rendre ma marchandiſe, je ne demande que cela.

LELIO.

As-tu encore les choſes que tu luy as
priſes ?

ARLEQUIN.

Oüi, je les ai, mais je ne les veux plus,
je ferois bien fâché d'avoir rien à un belître comme toi. Tiens.

L'ARCHER.

Voilà un procès bientôt fini.

LE MARCHAND.

Nous ſommes tous contens, mais votre Sauvage ne l'eſt peut-être pas. Je
voudrois bien pour qu'il n'eût rien à me
reprocher, luy rendre les coups de bâton
qu'il m'a donnez.

ARLEQUIN.

Je ne les veux pas moi: quand je donne quelque choſe, c'eſt de bon cœur.

L'ARCHER.

Monſieur, je ſuis votre ſerviteur.

Ils s'en vont.

ARLEQUIN.

Allez vous en a tous les diables.

___

SCENE IV.

LELIO, ARLEQUIN *faisant mine au Parterre, sans rien dire, ni regarder son Maître.*

LELIO.

Le voilà bien fâché : je veux me donner la comedie toute entiere : eh-bien, Arlequin, voici un bon pays, & où les gens sont fort aimables, comme tu vois.

Arlequin le regarde sans répondre.

LELIO *continuë.*

Tu ne dis mot : tu devrois bien au moins me remercier, de t'avoir empêché d'être pendu.

ARLEQUIN.

Que le diable t'emporte, toi, tes freres & ton pays.

LELIO.

Eh pourquoi me souhaites-tu un si triste fort ?

ARLEQUIN.

Pour te punir de m'avoir conduit dans un pays civilisé, où la bonté que vous faites semblant d'avoir n'est qu'un piege ge que vous tendez à la bonne foi de ceux que vous voulez attraper : je vois clairement que tout est faux chez vous.

LELIO.

C'est que tu ne sçais pas encore ce qu'il faut sçavoir pour nous trouver aimables, mais je veux te l'ppprendre.

ARLEQUIN.

Tu es un babillard , & c'est tout ; mais parle, parle , puisque tu en as tant d'envie : aussi-bien je suis curieux de voir comment tu t'y prendras , pour me prouver que ce Marchand n'est pas un fripon.

LELIO.

Rien n'est plus facile. Nous ne vivons point Ici en commun, comme vous faites dans vos forêts : chacun y a son bien, & nous ne pouvons user que de ce qui nous appartient ; c'est pour nous le conserver que les Loix sont établies : elles punissent ceux qui prennent le bien d'autrui sans le payer ; & c'est pour l'avoir fait que l'on vouloit te pendre.

ARLEQUIN.

Fort bien. Mais que donne-t'on pour ce que l'on prend ?

LELIO.

De l'argent.

ARLEQUIN

ARLEQUIN.

Queſt-ce que cela de l'argent ?

LELIO.

En voilà.

ARLEQUIN.

C'eſt-là de l'argent, c'eſt drôle.

Il le porte à l a dent.

Ahi ! il eſt dur comme un diable.

LELIO.

On ne le mange pas.

ARLEQUIN.

Qu'en fait-on donc ?

LELIO.

On le donne pour les choſes dont on a
beſoin ; & l'on pourroit preſque l'appel-
ler une caution ; puiſqu'avec cet argent
on trouve partout tout ce que l'on veut.

ARLEQUIN.

Qu'eſt-ce qu'une caution ?

LELIO.

Lorſqu'un homme a donné une parole,
& que l'on ne ſe fie pas à luy, pour plus
grande ſûreté on luy demande caution,
c'eſt-à-dire un autre homme qui promet
de remplir la promeſſe que celui-là a faite, s'il y manque.

ARLEQUIN.

Fi au diable, éloignes-toi de moi.

LELIO.

Pourquoi ?

E

ARLEQUIN.

Parce que je crains les gens qui ont befoin de caution.

LELIO.

Je n'en ai pas befoin , moi.

ARLEQUIN.

· Je n'en fçai rien , & je voudrois caution pour te croire , après toutes les menteries que tu m'as dit. Mais cet argent n'eft pas un homme , & par confequent il ne peut donner de paroles ; comment donc peut- il fervir de caution ?

LELIO.

Il en fert pourtant , & il vaut mieux que toutes les paroles du monde.

ARLEQUIN.

Votre parole ne vaut donc gueres , & je ne m'étonne plus fi tu m'as dit tant de menteries ; mais je n'en ferai plus la dupe : & fi tu veux que je te croye, donne-moi des cautions.

LELIO.

Je le veux : en voilà·

ARLEQUIN.

Les vilaines gens que ceux avec qui il faut prendre de telles précautions : j'en ai honte pour lui ; mais cela vaut encore mieux que d'être pendu. Parle à prefent.

LELIO.

Tu vois par ce que je viens de dire ,

qu'on n'a rien ici pour rien, & que tout s'y acquiert par échange. Or pour rendre cet échange plus facile, on a inventé l'argent, qui eſt une marchandiſe commune & univerſelle, qui ſe change contre toutes choſes, & avec laquelle on a tout ce que l'on veut.

ARLEQUIN

Quoi ! en donnant de ces berloques, on a tout ce dont on a beſoin.

LELIO.

Sans doute.

ARLEQUIN.

Cela me paroît ridicule, puiſqu'on ne peut ni le boire, ni le manger.

LELIO.

On ne le boit, ni on ne le mange ; mais on trouve avec de quoi boire & de quoi manger,

ARLEQUIN.

Cela eſt drôle : tes coûtumes ne ſont peut-être pas ſi mauvaiſes que je les ai crues. Il ne faut donc que de l'argent pour avoir toutes choſes ſans ſoins & ſans peines.

LELIO.

Oüi, avec de l'argent on ne manque de rien.

ARLEQUIN.

Je trouve cela fort commode, & bien

inventé. Que ne me le difois-tu d'abord,
je n'aurois pas rifqué de me faire pendre:
aprens-moi donc vîte où l'on donne de cet
argent, afin que j'en faffe ma provifion.

LELIO.

On n'en donne point.

ARLEQUIN.

Eh-bien, où faut-il donc que j'aille en
prendre?

LELIO.

On n'en prend point aufli.

ARLEQUIN.

Aprens-moi donc à le faire.

LELIO.

Encore moins; tu ferois pendu fi tu
avois fait une feule de ces pieces.

ARLEQUIN.

Eh comment diable en avoir donc?
on n'en donne point, on ne peut pas en
prendre, il n'eft pas permis d'en faire : je
n'entends rien à ce galimatias.

LELIO.

Je vais te l'expliquer. Il y a deux for.
de gens parmi nous, les riches & les
pauvres. Les riches ont tout l'argent, &
les pauvres n'en ont point.

ARLEQUIN.

Fort bien.

LELIO.

Ainfi pour que les pauvres en puiffent

avoir, ils font obligez de travailler pour les riches, qui leur donnent de cet argent à proportion du travail qu'ils font pour eux.

ARLEQUIN.

Et que font les riches, tandis que les pauvres travaillent pour eux?

LELIO.

Ils dorment, ils se promenent, & passent leur vie à se divertir & faire bonne chere.

ARLEQUIN.

Cela est bien commode pour les riches.

LELIO.

Cette commodité que tu y trouve fait souvent tout leur malheur.

ARLEQUIN.

Pourquoi?

LELIO.

Parce que les richesses ne font que multiplier les besoins des hommes: les pauvres ne travaillent que pour avoir le neceffaire; mais les riches travaillent pour le superflu, qui n'a point de bornes chez eux, à cause de l'ambition, du luxe, & de la vanité qui les devorent: le travail & l'indigence naissent chez eux de leur propre opulence.

ARLEQUIN.

Mais fi cela eft ainfi , les riches font plus pauvres que les pauvres mêmes, puifqu'ils manquent de plus de chofes.

LELIO.

Tu as raifon.

ARLEQUIN.

Ecoutes, veux-tu que je te dife ce que je penfe des Nations civilifées ?

LELIO.

Oüi. Qu'en penfes-tu ?

ARLEQUIN.

Il faut que je te dife la verité, car je n'ai point d'argent à te donner pour caution de ma parole. Je penfe que vous êtes des foux qui croyez être fages, des ignorans qui croyez être habiles , des pauvres qui croyez eftre riches , & des efclaves qui croyez être libres.

LELIO.

Eh pourquoi le penfes-tu ?

ARLEQUIN.

Parce que c'eft la verité. Vous êtes foux ; car vous cherchez avec beaucoup de foins une infinité de chofes inutiles : vous êtes pauvres , parce que vous bornez vos biens dans de l'atgent, ou d'autres diableries , au lieu de joüir fimplement de la nature comme nous , qui ne voulons rien avoir, afin de joüir plus li-

brement de tout. Vous êtes esclaves de
toutes vos possessions, que vous pre-
ferez à votre liberté & à vos freres, que
vous feriez pendre, s'ils vous avoient pris
la plus petite partie de ce qui vous est
inutile. Enfin vous êtes des ignorans,
parce que vous faites consister votre sa-
gesse à sçavoir les Loix, tandis que vous
ne connoissez pas la raison, qui vous
apprendroit à vous passer de Loix comme nous.

LELIO.

Tu as raison, mon cher Arlequin,
nous sommes des foux, mais des foux ré-
duits à la necessité de l'être.

ARLEQUIN.

Votre plus grande folie est de croire
que vous êtes obligez d'être foux.

LELIO.

Mais que veux-tu que nous fassions ?
il faut du bien ici pour vivre ; si l'on n'en
a point, il faut travailler pour en avoir,
car le pauvre n'a rien pour rien.

ARLEQUIN.

Cela est impertinent. Mais à propos, je
n'ai point d'argent moi, & par conse-
quent je suis donc pauvre.

LELIO.

Sans doute que tu l'es.

ARLEQUIN.

Quoi ! je ferai obligé de travailler comme ces malheureux pour vivre.

LELIO.

Tu n'en dois pas douter.

ARLEQUIN.

Que le diable t'emporte. Pourquoy donc, fcelerat, m'as-tu tiré de mon païs pour m'apprendre que je fuis pauvre ? je l'aurois ignoré toute ma vie fans toi ; je ne connoiffois dans les forêts ni les richeffes, ni la pauvreté : j'étois à moi-même mon Roy, mon Maître & mon valet ; & tu m'as cruellement tiré de cet heureux état, pour m'apprendre que je ne fuis qu'un miferable & un efclave. Répons-moi, fcelerat, homme fans foi & fans charite.

Il pleure.

LELIO.

Confoles-toi, mon cher Arlequin, je fuis riche moi, & je te donnerai tout ce qui te fera neceffaire.

ARLEQUIN.

Et moi je ne veux rien recevoir de toi, comme vous ne donnez ici rien pour rien, ne pouvant te donner de l'argent, qui eft le diable qui vous poffede tous, tu voudrois que je me donnaffe moi-même, & que je fûs ton efclave, comme ces malheureux qui te fervent : je veux être homme , l.bre , & rien plus. Ramene-moi donc où tu m'as pris , afin que j'aille oublier dans mes forêts qu'il y a des pauvres & des riches dans le monde.

LELIO.

Ne t'allarme point , tu ne feras point mon efclave : tu feras heureux , je t'en donne ma parole.

ARLEQUIN.

Bon ! Belle parole , qui fans caution ne vaut pas cela.

LELIO.

Eh bien , je te donnerai des cautions.

ARLEQUIN.

Allons , malgré le mépris que j'ai pour tes freres , je veux bien demeurer ici pour l'amour de toi,& d'une jolie fille qui fe nomme Violette , dont je fuis amoureux.

LELIO.

Violette , dis-tu ? la Suivante de Flaminia fe nommoit ainfi. Où as-tu vû cette Violette ?

ARLEQUIN.

Là où tu m'as trouvé tantôt.

LELIO

Comment eft-elle faite ?

ARLEQUIN.

Ah ! elle eft bien belle.

LELIO.

Grande.

ARLEQUIN.

Pas trop.

LELIO.

Brune, ou blonde?

ARLEQUIN.

Blonde.

LELIO.

Etoit-elle seule?

ARLEQUIN.

Non; elle étoit avec une autre fille plus maigre qu'elle, mais jolie, & avec un homme fait, ah! si tu le voyois, tu creverois de rire: il a une robe noire & du rouge dessous, un couteau à sa ceinture, & une barbe, longue, longue & pointuë: ah, ah, ah! je n'ai jamais vû une figure si ridicule.

LELIO.

C'est assurément Pantalon, voilà son portrait, & Flaminia est avec luy. Par quelle avanture se trouveroit-elle à Marseille. Mais quoi! Mario m'a dit qu'il se marioit avec une Italienne arrivée ici depuis quinze jours. Ciel! éloigne de moi les maux que je crains. Il faut que j'aprofondisse cette avanture, & que je revoye Mario.

ARLEQUIN.

Que dis-tu là ?

LELIO.

Rien.

ARLEQUIN.

Violette avoit souflé mon allumette ; mais on n'a pas voulu que je l'aye menée avec moi, parce qu'on dit qu'auparavant il faut que j'apprenne à luy dire de jolies choses, ponr obtenir la liberté de luy faire des caresses ; car c'est comme cela qu'on fait l'amour ici, n'est-ce pas ?

LELIO.

Oüi. L'ingrate me trahiroit-elle.

ARLEQUIN.

Eh tu parles tout seul.

LELIO.

Oüi, oüi.

ARLEQUIN.

Oüi, oüi. Il est fou. Tu m'apprendras ces jolies choses.

LELIO..

Oüi tantôt. Je suis dans une agitation où je ne me possede pas : il faut que j'aille trouver Mario. Mais le voici fort à pro-pos.

SCENE V.

MARIO, LELIO, ARLEQUIN.

MARIO.

Je vous rencontre heureusement.

LELIO.

J'allois chez vous de ce pas : la précipitation avec laquelle je vous ai quitté tantôt, ne m'a pas permis de m'informer plus particulierement des choses qui vous touchent : puisque je vous trouve, pardonnez quelque chose à ma curiosité : votre Epouse est Italienne, dites-vous.

MARIO.

Oüi.

LELIO.

Puis-je vous demander de quel endroit?

MARIO.

De Venise.

LELIO.

Je connois cette Ville. Quelle est sa famille ?

MARIO.

C'est la fille d'un riche Negociant de ce Païs-là.

LELIO.

Son nom.

MARIO.

Il se nomme Pantalon , & elle Flaminia.

LELIO.

Ah Ciel !

MARIO.

D'où vient cette surprise. La connoif-
sez-vous ?

LELIO.

Oüi.

MARIO.

N'est-elle pas une fille bien estimable ?

LELIO.

Elle a tout ce qui peut engager un honnête homme ; mais ce qui va vous sur-
prendre , cette Flaminia est la même personne que j'allois chercher.

MARIO.

Vous !

LELIO.

Oüi moi : vous pouvez juger par la
passion que je vous ai fait voir pour elle,
quelles doivent être à present mes senti.
mens. Je l'aime. Que dis-je ! Je l'adore,
& je perdrai la vie , plûtôt que de souf-
frir qu'un autre me l'enleve.

MARIO.

Vous me surprenez , & je ne m'attendois pas de trouver en vous un rival.

LELIO.

Je m'attendois encore moins d'en voir
un en vous, c'eſt le coup le plus funeſte
qui pouvoit me fraper ; mais enfin l'amitié ſe tait dans les cœurs où l'amour regne. Seigneur Mario, prenez votre parti ; il me faut ceder Flaminia, ou me la
diſputer par les armes.

MARIO.

Je ne m'attendois pas que nôtre en-
trevûë dût finir par un combat; mais puiſque vous le voulez, Flaminia vaut bien
un ami : ſi vous l'avez, vous ne l'aurez
dumoins qu'après m'avoir vaincu.

Ils mettent l'épée à la main.

ARLEQUIN.

Hola ai ! que faites-vous ?
Il ſe jette entre eux.

LELIO.

Ote-toi de là.

MARIO.

Je te paſſe mon épée à travers le corps,
ſi tu ne t'éloignes.

ARLEQUIN.

Et moi je vous aſſommerai tous les
deux. ah ! les bons amis qui s'embraſſent,
& après ils ſe veulent tuer.

LELIO.

Laiffe-nous libres, nous avons nos raifons.

ARLEQUIN.

Et quelles raifons, je les veux fçavoir.

LELIO.

Il faut s'en défaire, nous vuiderons notre differend enfuite. Nous fommes tous les deux amoureux de la méme fille, & c'eft pour fçavoir à qui elle fera que nous nous battons.

ARLEQUIN.

Eh-bien, que ne courez-vous tous les deux l'allumette avec elle, l'un n'empê-che pas l'autre.

LELIO.

Mais nous voulons l'époufer.

ARLEQUIN.

Ah, ah! je ne fçavois pas cela : effec-tivement, vous ne pouvez pas l'époufer tous les deux.

MARIO.

Et c'eft pour fçavoir qui l'époufera que nous nous battons. Ote-toi de là.

ARLEQUIN.

Ah les fottes gens! Mais dites-moi, celui qui tuera l'autre, époufera donc cette fille ?

MARIO.

Oüi.

ARLEQUIN.

Oüi : & fçavez-vous fi elle le voudra ?
elle aime l'un ou l'autre ; ainfi il faut lui
demander avant que de vous battre celui
qu'elle veut que l'on tuë.

LELIO.

Mais.

ARLEQUIN.

Mais, mais. Oüi, bête que tu es ; car
fi c'eft lui qu'elle aime, & que tu le tuë,
elle te haïra davantage, & ne te voudra pas.

MARIO.

Seigneur Lelio, je crois qu'il a raifon.

LELIO.

Il n'a peut-être pas tant de tort.

ARLEQUIN.

Tenez, vous êtes deux ânes, au lieu de
vous battre, allez trouver cette fille, &
demandez lui celui qu'elle veut : celui-
là l'époufera, & l'autre ira en chercher
une autre, fans fe fâcher mal à-propos
contre un homme qui ne lui fait point de
tort, puifqu'il a autant de raifon de vouloir cette fille que lui, & que ce n'eft pas
fa faute fi elle l'aime davantage.

LELIO.

Arlequin n'eft qu'un Sauvage ; mais
fa raifon toute fimple lui fuggere un con-
feil digne de fortir de la bouche des plus
fages.

fages. Voulez-vous que nous le fuivions ?

MARIO.

Nous ferions plus Sauvages que lui,
fi nous refufions de nous y rendre; mais
convenons de nos faits auparavant. Si
Flaminia vous a oublié., & fi elle me pré-
fere à vous, vous ne me la difputerez
plus.

LELIO.

J'en ferois bien fâché. Pour peu méme que fon cœur balance, je m'éloigne
d'elle, pour ne la revoir de ma vie.

MARIO.

Et moi je vous declare, que fi elle vous
aime encore, je renonce à elle.

LELIO.

Vous a-t-elle marqué de l'amour ?

MARIO

Elle vit d'une maniere avec moi à pouvoir me faire efperer : le peu de temps que
je l'ai vûë, ne m'a pas permis encore de
connoître fon cœur ; mais fon pere m'affure de fon obéïffance , & j'ai lieu de
croire qu'il connoît fes difpofitions. Vous,
vous a-t-elle aimé ?

LELIO.

L'ingrate au moins me le difoit, &
fon pere approuvoit mes feux : apparemment que les bruits qui ont couru de mes
pertes l'ont fait changer : je le pardonne

F

à son ame interessée ; mais si Flaminia a esté capable du même sentiment, je n'en veux plus entendre parler. Ne perdons plus inutilement le temps ; il faut éclaircir la chose.

M A R I O.

Mais si vous paroissez , & que votre presence dissipe les bruits de votre malheur , l'interest qui vous estoit contraire estant rempli par votre fortune, Flaminia peut sentir renaistre sa tendresse pour vous par le seul objet de son interest.

L E L I O.

Non , je n'en veux point, si sa flamme n'est aussi pure & aussi desinteressée que la mienne,

M A R I O.

Faisons-la donc expliquer sans paroître ni l'un ni l'autre , afin que son cœur agisse avec plus de liberté.

L E L I O.

Je le veux : il ne s'agit que d'en trouver le moyen.

M A R I O.

Il est tout trouvé : je dois donner ce soir un fête à Flaminia, & je vais là disposer pour notre dessein. Nous y paroîtrons sous des habits déguisez , & par un moyen que j'imagine nous la ferons expliquer avant que de nous découvrir.

LELIO

Rien n'eft mieux penfé : allons tout
préparer ; & toy , mon cher Arlequin ,
viens avec nous, nous t'avons obligation
d'eftre devenus plus fages.

ARLEQUIN.

C'eft-là du compliment, mais celui-ci
vaut mieux que celuy que tu m'as fait
tantôt.

Fin du fecond Acte.

ACTE TROISIÉME.

SCENE PREMIERE.

[ARLEQUIN *seul, en Petit Maître.*

ME voilà drôlement beau ; une che-velure empruntée, un habit beau à la verité ; mais qu'eſt-ce que tout cela a de commun avec moi , puiſque ces beautez ne ſont pas les miennes ? Cepen-dant avec ce harnois on veut que je ſois plus beau : ah , ah, ah ! le Capitaine eſt fou ; il trouve des impertinences de fort belles choſes. Ce pauvre garçon a l'eſprit gâté par les Loix de ce païs ; j'en ſuis faché , car dans le fond il eſt bon homme.

SCENE II.

ARLEQUIN, UN PASSANT.

LE PASSANT.

Dans le malheur qui m'accable, la solitude est ma plus grande ressource : je puis du moins m'y plaindre avec liberté de l'injustice des hommes.

ARLEQUIN.

Cet homme-là est fâché.

LE PASSANT.

Heureux mille fois les Sauvages ! qui suivent simplement les Loix de la nature, & qui n'ont jamais connu Cujas ni Bartolle.

ARLEQUIN.

Oh, oh ! voilà un homme raisonnable. Tu as raison, mon ami ; vous êtes tous des belîtres dans ce païs.

LE PASSANT.

A qui en veut ce drôle-là ?

ARLEQUIN.

Dis-moi la verité : je gage qu'on t'a voulu pendre.

LE PASSANT.

Vous êtes un fot, on ne pend pas des gens de ma forte.

ARLEQUIN.

Pardi tu me la donne belle : on en pend qui valent mieux ; & fans aller plus loin, fçais-tu bien que j'ai failli à être branché moi, il n'y a qu'un moment.

LE PASSANT.

Vous !

ARLEQUIN.

Oüi, moi-même, en propre perfonne.

LE PASSANT.

On avoit apparemment de bonnes raifons pour cela.

ARLEQUIN.

On n'avoit que des raifons de ton païs, c'eft-à-dire des impertinences. Un coquin de Marchand eft venu m'offrir fa marchandife : moi je l'ai prife de bonne amitié ; il vouloit enfuite que je lui donnaffe de l'argent. Je n'en avois point : il s'eft fâché & moi auffi, & pour le punir je l'ai payé à bons coups de bâton. Voilà toutes les raifons que l'on avoit : cependant ce fripon en eft allé chercher d'autres pour m'étrangler ; & mon affaire étoit faite, fi le Capitaine ne m'eût tiré de leurs mains.

LE PASSANT.

Il ne me manquoit plus que cette rencontre, un voleur de grand chemin qui
a sa bande & son Capitaine dans le voi-
sinage.

ARLEQUIN.

Que dis-tu là ?

LE PASSANT.

Je dis que ce Marchand a tort.

ARLEQUIN.

Sans doute, c'est un faquin.

LE PASSANT.

Assurément, & vous avez raison d'ê-
tre en colere ; car c'est une affaire serieuse
que d'être pendu.

ARLEQUIN.

Comment morbleu, des plus serieuses;
& quand j'y songe, j'entre dans une
colere que je ne me possede pas.

LE PASSANT.

Il faut prendre garde de ne plus vous
y exposer. Adieu, Monsieur.

ARLEQUIN.

Où vas-tu ?

LE PASSANT.

Je vais joindre ma compagnie qui n'est
pas loin d'ici.

ARLEQUIN.

Non, je veux que tu demeure : je suis
bien aise de causer avec toi.

LE PASSANT.

Je n'ai pas le temps.

ARLEQUIN.

Il faut le prendre, je le veux moi.

LE PASSANT.

Je ferai bienheureux fi j'en fuis quitte pour la bourfe.

ARLEQUIN

Dis-moi, es-tu honnête homme ?

LE PASSANT.

J'en fais profeffion.

ARLEQUIN.

Et comment veux-tu que je te croye, fi tu ne me donne pas des cautions ; car vous en avez tous befoin dans ce païs : allons, donne-m'en, & après nous cauferons.

LE PASSANT.

Où voulez-vous que je les prenne ?

ARLEQUIN.

Foüille dans ta poche, c'eft là où vous les mettez.

LE PASSANT.

La chofe n'eft plus éqnivoque : tâchons d'en fortir à meilleur marché que nous pourrons. Je vois bien, Monfieur, ce que vous fouhaitez : voilà ma bourfe, c'eft tout mon bien.

ARLEQUIN.

Si quelqu'un m'en demandoit autant,

je

je le tuërois ; car je suis honnête homme
moi , & qui n'est pas sujet à caution.

LE PASSANT.

Je le vois bien , Monsieur. Adieu.

ARLEQUIN.

Arrête.

LE PASSANT.

Encore. Ciel ! tirez moi de ce pas.

ARLEQUIN.

Je suis fâché d'en agir ainsi avec tôi ,
parce que tu me parois bon homme , &
que tu estime les Sauvages.

LE PASSANT.

Plût au Ciel que je fûsse né parmi eux ,
je ne serois pas exposé à tous les maux
qui me suivent.

ARLEQUIN.

Voilà tes cautions : je te crois honnête
homme sur ta parole , puisque tu voudrois être Sauvage.

LE PASSANT.

Mais , Monsieur.

ARLEQUIN.

Sçais-tu bien que je suis un Sauvage
moi.

LE PASSANT.

Vous.

ARLEQUIN.

Oüi. Je suis arrivé aujourd'hui dans
ton pays , & depuis que j'y suis , j'y ai

G

vû plus d'impertinences, que je n'en aurois appris en mille ans dans nos forêts.

LE PASSANT.

Je le crois. Dieu foit loüé, je refpire.

ARLEQUIN.

Dis-moi donc ce qui te fâche.

LE PASSANT.

C'eft la perte d'un procès.

ARLEQUIN.

Quelle bête eft-ce là, un procès !

LE PASSANT.

Ce n'eft point une bête, mais une affaire que j'avois avec un homme.

ARLEQUIN.

Et comment eft faite cette affaire ?

LE PASSANT.

Mais elle eft faite comme un procès.
Me voilà fort embarraffé pour lui faire
comprendre ce que c'eft qu'un procès.
Sçavez-vous que nous avons des Loix
dans ce païs ?

ARLEQUIN.

Oüi.

LE PASSANT.

Ces Loix font adminiftrez par des gens
fages & éclairez.

ARLEQUIN.

Que l'on appelle des Juges, n'eft-ce
pas ?

LE PASSANT.

Oüi. Or fi quelqu'un prend votre bien,
vous le faites citer devant ces Juges, qui
examinent vos raifons & les fiennes pour
vous juger ; & l'on nomme cela un procès.

ARLEQUIN.

Je comprends à prefent ce que c'eft.
LE PASSANT.

Il y a dix ans que j'intentai un procès
à un homme qui me devoit cinq cens
francs ; & je viens de le perdre, après
avoir effuyé trente Jugemens differens.

ARLEQUIN.

Et pourquoi donner trente Jugemens
pour une feule affaire ?
LE PASSANT.

A caufe des incidens que la chicane fait
naître.

ARLEQUIN.

La chicane ? Qu'eft-ce que cela ?
LE PASSANT.

C'eft un art que l'on a inventé pour
embroüiller les affaires les plus claires,
qui deviennent incomprehenfibles, lors
qu'un Avocat & un Procureur y ont tra-
vaillé fix mois.

ARLEQUIN.

Et qu'eft-ce qu'un Avocat & un Procureur ?

ARLEQUIN

LE PASSANT.

Ce font des perfonnes inftruites des Loix & de la formalité.

ARLEQUIN.

De la formalité. Je ne fçai pas ce que c'eft.

LE PASSANT.

C'eft la forme & l'ordre dans lequel on doit prefenter les affaires aux Juges pour éviter les furprifes.

ARLEQUIN

C'eft bon cela ; ainfi avec cette forme on ne craint plus de furprife.

LE PASSANT.

Au contraire, c'eft cette même forme qui y donne lieu.

ARLEQUIN.

Et pourquoi ?

LE PASSANT.

Parce que c'eft d'elle que la chicane emprunte toutes fes forces pour embroüiller les affaires.

ARLEQUIN.

Mais puifque les Juges font des gens établis pour rendre juftice , pourquoi n'empêchent-ils pas la chicanne ?

LE PASSANT.

Ils ne le peuvent pas ; parce que la chicane n'eft qu'un détour pris dans la Loy, & auquel la forme que l'on a établie pour éviter la furprife a donné lieu.

ARLEQUIN.

Il faut donc que cette Loy & cette for-
forme foient auſſi embroüillées que votre
raiſon. Mais dis-moi, puiſque les Juges
n'ont pas le pouvoir d'empêcher cette in-
juſtice, & que vous ſçavez que ces Avo-
cats & ces Procureurs embroüillent vos
affaires, pourquoi êtes-vous ſi ſots que
de les y laiſſer mettre le nez ? Par la mort,
ſi j'avois un procès, & que ces drôles-là
y vouluſſent toucher ſeulement du bout
du doit, je les aſſommerois.

LE PASSANT.

Il n'eſt pas poſſible de s'en paſſer ; ce
font des gens établis par les Loix, par le
miniſtére deſquels les affaires doivent être
portées devant les Juges ; car il ne vous
eſt pas permis de plaider votre cauſe vous
même.

ARLEQUIN.

Et pourquoi ne m'eſt-il pas permis ?

LE PASSANT.

Parce que vous n'avez pas étudié les
Loix, & que vous ne ſçavez pas la formalité.

ARLEQUIN.

Quoi ! parce que je ne ſçai pas l'art
d'embroüiller mon affaire, je ne puis pas
la plaider ?

LE PASSANT.

Non.

ARLEQUIN.

Ecoute, je pourrois bien te caſſer la tête pour prix de ton impudence; eſt - ce
parce que je t'ai rendu tes cautions que
tu veux te mocquer de moi ?

LE PASSANT.

Je ne me mocque point, je ne vous
dis que trop la verité : les Loix ſont ſa-
ges, les Juges éclairez & honnêtes gens;
mais la malice des hommes qui abuſent
de tout, ſe ſert de l'autorité de la Juſtice
pour ſoûtenir l'iniquité. Comme il faut
continuellement de l'argent, les pauvres
ne peuvent faire valoir leurs droits, &
les autres s'épuiſent.

ARLEQUIN.

Quoi ! vous donnez de l'argent.

LE PASSANT.

Sans doute, il le faut toûjours avoir à la
main ; ſans quoi Themis eſt ſourde, &
rien ne va.　　## ARLEQUIN.

Les gens de ce pays ont le diable au
corps pour faire argent de tout ; ils ven-
dent juſqu'à la juſtice.

LE PASSANT.

On la donne quant au fond ; mais la
forme coûte bien cher ; & la forme chez
vous emporte toûjours le fond : je me ſuis

épuifé pour foûtenir mon procès ; & je le perds aujourd'hui parce que la forme me manque.

ARLEQUIN.

Et cela te fâche.

LE PASSANT.

Belle demande !

ARLEQUIN.

Pardi tu es un grand fot ; tu dois en être bien aife.

LE PASSANT.

Pourquoi !

ARLEQUIN.

Parce que tu t'es défait d'une mauvaife chofe, que tu ferois bien aife d'avoir perdu il y a dix ans : pour moi je t'affure que fi j'avois un tel meuble, je l'aurois bientôt jetté dans la riviere. Mais à propos, ne m'as-tu pas dit que ton procès étoit de cinq cens francs ?

LE PASSANT.

Oüi.

ARLEQUIN.

Je fuis bien fâché que tu l'aye perdu ; fi tu l'avois encore, je te prierois de me le donner, j'irois chercher mon fripon de Marchand, qui vouloit cinq cens francs de fa marchandife, & je lui donnerois ton procès en payement, pour le punir de la piece qu'il m'a faite.

G iiij

LE PASSANT.

Vous ne pourriez mieux vous venger.
Vos reflexions charment mes ennuis, &
je suis bien fâché que mes affaires m'em-
pêchent de joüir plus longtems du plaisir de votre conversation. Adieu, Monsieur, puissiez-vous toûjours conserver
cette innocence & cette simplicité.

ARLEQUIN.

Adieu. Si tu es sage, n'aye plus de
procès.

SCENE III.

ARLEQUIN *seul.*

C'est une détestable chose qu'un procès : j'ai peur d'en trouver quelqu'un
sous mes pas ; mais c'est les biens qui en
font la cause. Oh, oh! j'attraperai bien la
chicane & la formalité : je n'aurai rien ;
ainsi il n'y aura point d'Avocat ni de
Procureur qui veüillent se donner la peine d'embroüiller mes affaires.

SCENE IV.

FLAMINIA, VIOLETTE,
ARLEQUIN.

FLAMINIA.

Voilà notre Sauvage. Où a-t-il pris
cet équipage ?

VIOLETTE.

Bonjour, Arlequin.

ARLEQUIN.

Ah ! bonjour , violette.

VIOLETTE.

Vous êtes bien beau.

ARLEQUIN.

Vous me trouvez donc beau comme
cela ?

VIOLETTE.

Affurément.

ARLEQUIN·

J'en fuis bien aife. (*à part*) Si la tête
n'a pas tourné aux gens de ce pays, je ne
fuis qu'une bête.

FLAMINIA.

Tu trouve donc extraordinaire que l'on
te trouve mieux comme cela.

ARLEQUIN.

Je trouve fort plaiſant de me voir ſi beau, ſans qu'il y aille rien du mien.

FLAMINIA.

Ainſi tu te mocque de Violette, de dire que tu es beau.

ARLEQUIN.

Je ne me mocque pas de Violette, parce que je ſuis bien aiſe qu'elle me trouve beau ; mais je ris de la folie du Capitaine, qui m'a dit des choſes impertinentes, qu'il veut me faire croire. Par exemple il m'a dit, ah, ah, ah, ah !

FLAMINIA.

Et bien, que t'a-t-il dit ?

ARLEQUIN.

Il m'a dit que les jolis gens de ce pays étoient faits comme me voilà. ah, ah, ah !

FLAMINIA.

Je ne puis m'empêcher d'en rire auſſi.

ARLEQUIN.

Il m'a dit encore, que c'étoient les beaux habits qui faiſoient que l'on recevoit bien les gens ; que l'on avoit honte d'aller avec ceux qui n'étoient pas bien propres : ah, ah, ah ! il me croit aſſez ſimple pour y ajoûter foy.

FLAMINIA.

Cela eſt pourtant bien vrai, & les plus honnêtes gens donnent dans ce travers comme les autres : il femble qu'un bel habit augmente le merite.

ARLEQUIN.

Il n'y a pas un Sauvage, pour bête qu'il fût ; qui ne crevât de rire, s'il fçavoit qu'il y a d'honnêtes gens dans le monde, qui jugent du merite des hommes par les habits.

FLAMINIA.

Ils auroient raifon.

ARLEQUIN *à Violette*.

Je fuis donc beau , comme vous voyez, & tout cela pour vous plaire.

VIOLETTE.

Je vous fuis bien obligée de vos foins.

ARLEQUIN.

Ah, ah ! ce n'est pas là tout, & le Capitaine m'a auffi appris les grimaces & les contorfions qu'il faut faire fous cet habit. Tenez , voyez fi je fais bien.

Il contrefait le Petit Maître.

FLAMINIA.

Affurément, voilà un drole d'original.

VIOLETTE.

Est-ce là tout ce que le Capitaine t'a appris ? ARLEQUIN.

Oh que non : il m'a encore appris à dire de jolies chofes : écoutez. Mademoifelle, je rends grace à mon heureufe étoile qui m'a m'a tiré des forêts de l'Ameri-

que pour. . . . pour. . . . . des forêts de
l'Amerique pour. . . .

VIOLETTE.

Eh-bien. Pour. . .

ARLEQUIN.

Pour ne rien dire du tout. Foin de ma
memoire, j'ai oublié tout ce que j'avois
appris.

VIOLETTE.

J'en suis bien fâchée, car cela étoit bien
beau.

ARLEQUIN.

Eh comment ferai-je donc ?

VIOLETTE.

Je n'en sçai rien en verité.

ARLEQUIN.

Vous verrez que je serai obligé de m'en
aller sans vous rien dire.

VIOLETTE.

Quoi ! vous ne sçavez pas me dire que
vous m'aimez.

ARLEQUIN.

Je vous le dirois bien dans les bois,
mais ici je suis bête comme un cheval.

FLAMINIA.

Il est trop plaisant. Crois-moi, Arlequin, laisse là ces jolies choses, & dis-
luy seulement ce que tu pense, cela vau-
dra encore mieux.

ARLEQUIN.

Vous avez raifon, & je l'aime mieux
auffi ; car j'ai trouvé dans le compliment
que j'ai oublié des chofes que je ne pen-
fois pas. Par exemple, il y avoit que je
voudrois mourir pour elle, & cela n'eft
pas vrai ; ainfi j'étois faché de le dire à
Violette, de crainte de la tromper, &
cela fait fait que je ne fuis pas fi faché de
l'avoir oublié.

FLAMINIA.

Tu viens de dire là de plus jolies chofes que toutes celles que l'on pourroit
t'apprendre, & Violette en doit être fort
contente.

VIOLETTE.

Je le fuis auffi beaucoup.

ARLEQUIN.

Je puis donc vous époufer fans plus de
ceremonies.

FLAMINIA.

Il faut avoir du bien pour cela : es-tu
riche ?

ARLEQUIN.

Non, je fuis pauvre, à ce que le Capitaine m'a dit ; car je n'en fçavois rien.

FLAMINIA.

Tant pis : mon pere de qui Violette dé-
pend, ne voudra pas te la donner fi tu es
pauvre.

ARLEQUIN.

Comment faire donc ? écoute, je suis
pauvre à la verité, mais je ne vais rien
faire, & pour tout le bien du monde je
n'irois pas d'ici là : cela n'est-il pas bon
pour le mariage.

FLAMINIA.

Non assurément : de quoi nourriras-
tu ta femme..

ARLEQUIN.

Je partagerai avec elle ce que le Capitaine me donnera.

FLAMINIA.

Mais de quoi l'habilleras-tu, si tu n'as
point d'argent, & si tu n'en veux pas
gagner.

ARLEQUIN.

Te voilà bien embarrassée : elle ira
toute nuë.

VIOLETTE.

Fi donc·

ARLEQUIN.

Eh-bien je te donnerai mes habits, &
j'irai nud moi.

FLAMINIA.

Cela n'est pas permis ici · & l'on te
mettroit aux Petites Maisons.

ARLEQUIN.

Tant mieux, je les aime mieux que les

grandes, où je me perds toûjours, & cela m'ennuie.

FLAMINIA.

Oüi; mais les Petites Maifons font des endroits où l'on ne met que les foux.

ARLEQUIN.

C'eft bien plûtôt dans les grandes que vous les mettez : n'y a-t-il pas de la folie de bâtir un vilage entier pour une feule perfonne ?

FLAMINIA.

Tu as raifon ; mais avec tout cela, on ne te donnera pas Violette fi tu n'as rien.

ARLEQUIN.

Ah ! les vilaines gens que ceux de ton païs : écoute, Violette, m'aimes-tu ?

VIOLETTE.

Oüi.

ARLEQUIN.

Eh-bien, viens-t'en avec moi, je te menerai dans un païs où nous n'aurons pas befoin d'argent pour être heureux, ni de Loix pour être fages : notre amitié fera tout notre bien, & la raifon toute notre Loy : nous ne dirons pas de jolies chofes, mais nous en ferons.

FLAMINIA.

J'aime trop Violette pour la laiffer aller ; mais ne te mets pas en peine : je

n'aime pas le bien moi , & je ferai en
forte que l'on te donne Violette malgré ta pauvreté.

ARLEQUIN.

Me le promettez-vous ?

FLAMINIA.

Oüi.

ARLEQUIN.

Es-tu fujette à caution comme les
autres ?

FLAMINIA.

Non , tu peux te fier à ma parole.

ARLEQUIN.

Je le crois , puifque tu n'aime pas le
bien ; car il n'y a que ceux qui préferent
l'argent à leurs amis qui ayent befoin de
cautions.

Violette laiße tomber un mi-
roir qu'Arlequin ramaße. Il s'y
voit , & croit d'abord que c'eſt
encore un portrait.

Ah , ah ! tu porte auffi des hommes en
poche : il eſt bien joli celui-là , il remuë.

Arlequin diverti par les mou-
vements de l'homme qu'il croit
voir , fait cent poſtures bizares.

ah , ah , ah ! ce drôle-là eſt boufon.

Il continuë à faire des grimaces.

Pardy voilà un plaifant original , regarde
un peu , Violette , il fe moque de moi.

Violette

Violette regarde, & Arle-
quin furpris de la voir dans le
miroir, marque fon étonnemens
dans tous fes mouvemens.

Oh ! eſt - ce que tu es double ? te voilà
dans deux endroits tout à la fois.

VIOLETTE.

C'eſt ma figure.

ARLEQUIN.

Mais comment diable eſtelle venuë là ?

VIOLETTE.

Ah, ah, ah, ah !

ARLEQUIN.

Regarde, regarde, elle rit auſſi, ah,
ah, ah ! & cet autre auſſi : ah, ah, ah !

Violette & Arlequin rient, &
les ris d'Arlequin augmentent à
mefure qu'il fe voit rire.

Pardy voilà les plus drôles de corps que
j'aye vû ; ils font tout comme nous. Bai-
ſons-nous un peu, pour voir s'ils ſe bai-
ſeront auſſi.

Il la baife.

FLAMINIA.

Voilà une plaiſante ſcene.

ARLEQUIN.

Vois, vois, comme ils ſe baiſent ;
ah, ah, ah !

Il regarde derriere le miroir,
pour voir où ils font.

H

FLAMINIA.

Que cherches-tu ?

ARLEQUIN.

L'endroit où ces gens-là font : il est aussi grand que celui-ci, & cependant je ne puis voir sa place.

Il regarde encore dans le miroir,
& n'y voyant plus Violette :

ah ! & où diable est allée cette fille qui te ressembloit ?

FLAMINIA.

Je veux t'expliquer la chose. On nomme cela un miroir : c'est un secret que nous avons pour nous voir ; car ce que tu vois n'est que ton image que cette glace refléchit : & il en fait de même de toutes les choses qui lui font presentées.

ARLEQUIN.

Voilà un fort beau secret : mais dis-moi, puisque vous sçavez faire de ces miroirs, que n'en faites-vous qui representent votre ame & ce que vous pensez, ceux-là vaudroient bien mieux ; car je pourrois voir dedans si Violette ne me trompe pas, lorsqu'elle me dit qu'elle m'aime.

FLAMINIA.

Effectivement, de tels miroirs seroient beaucoup plus utiles.

ARLEQUIN.

Sans doute, & ſi j'en avois eu un lorſque mon fripon de Marchand eſt venu
pour m'atraper, je l'aurois regardé dedans, & connoiſſant ſes mauvais deſ-
ſeins, je n'en aurois pas été la dupe.

VIOLETTE.

Cela ſeroit bien neceſſaire.

SCENE V.

PANTALON, FLAMINIA, VIOLETTE, ARLEQUIN.

FLAMINIA.

Ah ! mon pere, ſi vous étiez venu un
moment plûtôt, vous vous feriez bien
diverti de la ſurpriſe d'Arlequin à la vûë
d'un miroir & de ſes effets : il nous a donné la comedie.

PANTALON.

Je ſuis bien fâché de ne m'y être pas
trouvé. Les plaiſirs naiſſent ici ſous vos
pas ; Mario vous en prépare de nouveaux
dans une fête galante qu'il vous donne :
elle va paroître, je vous prie de faire les
choſes de bonne grace.

FLAMINIA.

Il fera content de ma politeffe.

PANTALON.

Voici la fête.

LA FESTE.

SCENE V.

L'HYMEN, L'AMOUR, TROUPE DE JEUX & DE PLAISIRS, LES ACTEURS PRECEDENS.

L'AMOUR.

Mon frere, à la fin vous ruinerez votre empire, pour y vouloir engager trop de monde fans moi. Croyez une fois mes confeils : laiffez la fortune & les vains brillans dont vous féduifez les ames plûtôt que vous ne les gagnez, & ne recevez point de cœurs fous vos loix, fi l'Amour même ne vous les livre.

L'HYMEN.

Il eft vrai que je le devrois, mais c'eft votre faute & non la mienne. Je ne refufe point les cœurs que vous me prefentez : depuis longtems vous êtes conjuré contre mon Empire, & les feux que vous allumez ne tendent qu'à me détruire,

L'AMOUR.

Finiſſons aujourd'huy nos débats en faveur de Flaminia : elle doit entrer ſous vos loix , je vous offre tous mes feux pour elle : je la bleſſai autrefois du plus doux de mes traits en faveur de Lelio ; vous lui deſtinez Mario : pour accorder notre differend ſur cela , ſouffrez que je lui preſente les cœurs de l'un & de l'autre, & tenons nous à ſon choix.

L'HYMEN.

A cette condition je conſens de me racomoder ſincerement avec vous.

L'AMOUR à *Flaminia*.

Je vous offre ces cœurs , charmante Flaminia : ils ſont tous les deux dignes de vous ; Mario eſt tendre & riche à la fois , Lelio n'a pour tout bien que les ſentimens purs & ſinceres que je lui ai inſpirez pour vous : choiſiſſez , l'Amour & l'Hymen ne veulent aujourd'hui vous engager que par votre propre choix.

FLAMINIA.

Je vois bien , charmant Amour , que vous favoriſez ſecrettement Lelio , puiſque vous employez la pitié que ſes malheurs exigent de mon cœur , pour animer encore mes ſentimens pour luy.

PANTALON.

Songez , Flaminia , à la ſoumiſſion que

vous devez avoir pour mes volontez, & que c'eſt Mario qui vous donne cette fête.

FLAMINIA.

Je ne perds point de vûë mes devoirs; mais je ſçai que tout eſt reciproque, entre les peres & les enfans, comme entre le reſte des hommes : il eſt ſans doute juſte que les enfans reſpectent leur pere en tour, mais il n'eſt pas moins juſte que les peres bornent leur autorité ſur leurs enfans, dans les bornes d'une exacte équité, & qu'ils ne la pouſſent pas juſqu'à les ſacrifier à leurs prétentions.

PANTALON.

Ce n'eſt point vous ſacrifier, que de vouloir vous rendre heureuſe.

FLAMINIA.

Vous croyez me rendre heureuſe, & moi je dis le contraire : ainſi vous & moi ſommes parties, & il n'y a qu'un tiers qui puiſſe en décider, choiſiſſons-en un.

PANTALON.

Ce ſeroit un plaiſant arbitrage.

FLAMINIA.

Qu'Arlequin nous juge.

PANTALON.

Voilà aſſurément un Juge bien grave.

FLAMINIA.

Ecoutons-le, cela ne coûte rien.

PANTALON.

Tu es folle.

FLAMINIA.

Il aime la verité, & la dit toûjours lorfqu'il la connoît : il ne faut que luy bien expliquer la chofe, & je fuis affurée qu'il décidera fainement.

PANTALON.

Voyons.

FLAMINIA.

Ecoute, Arlequin, j'aime un amant depuis longtems : mon pere m'avoit promis de me le donner : il étoit riche lorfque je commençai à l'aimer ; aujourd'hui il eſt pauvre, dois-je l'époufer, quoiqu'il n'ait point de bien ?

ARLEQUIN.

Si tu n'aimois que fon bien, tu ne dois pas l'époufer, parce qu'il n'a plus ce que tu aimois ; mais fi tu n'aimes que lui, tu dois l'époufer, parce qu'il a encore tout ce que tu aimes.

FLAMINIA.

Oüi, mais mon pere qui vouloit me le donner quand il étoit riche, ne le veut plus aujourd'hui qu'il eſt pauvre.

ARLEQUIN.

C'eſt que ton pere n'aimoit que fon bien.

FLAMINIA.

Et il veut m'en donner un autre qui
eſt riche , que je ne puis aimer, parce
que j'aime toûjours le pıemier.

ARLEQUIN.

Et cela te fâ·hc.

FLAMINIA.

Sans doute.

ARLEQUIN.

Ecoute , fais perdre encore à celui·ci
ſon bien , & ton pere ne te te le voudra
plus donner.

FLAMINIA.

Cela n'eſt pas poſſible. Que dois - je
donc faire ? obéirai je à mon pere, en
prenant celui que je n'aime point , ou lui
déſobéirai je, en prenant celuy que j'aime ?

ARLEQUIN

Te marie-tu pour ton pere , ou pour
toi ?

FLAMINIA.

Je me marie pour moi ſeule apparemment.

ARLEQUIN.

Eh-bien prens celui que tu aime , &
laiſſe dire ce vieux fou.

PANTALON.

Le Juge & la fille ſont deux impetti-
nens. Taiſez·vous.

FLAMINIA.

Je ne luy ai pas dicté ce qu'il vient de me dire ; mais au terme de fou près, c'eſt la nature & la raiſon toute ſimple qui s'expliquent par ſa bouche.

PANTALON.

La nature & la raiſon ne ſçavent ce qu'elles diſent , & vous n'êtes qu'une ſote ; on ne vit pas de ſentimens , il faut du bien dans le mariage.

MARIO.

Ne vous emportez pas, Monſieur , les ſentimens de Mademoiſelle ſont auſſi beaux , que le jugement d'Arlequin eſt raiſonnable , & vous devez vous rendre à ſes vœux ; quoiqu'ils me ſoient con‑traires , je ne les approuve pas moins , & je vous demande comme une preuve de l'amitié dont vous m'honorez , d'être favorable à Lelio.

PANTALON.

Vous prenez , Monſieur , votre parti en galand homme , & moi je ſçaurai le prendre en pere ſage, & qui ſçait ce qui convient à ſa fille.

MARIO.

Voicy un homme qui vous rendra plus traitable.

Il lui préſente Lelio.

LELIO.

Si il n'y a , Monſieur , que les bruits de ma mauvaiſe fortune qui vous ayent indiſpoſé contre moi , il eſt facile de les détruire ; je ſuis plus riche que je n'ai jamais été : & ſi d'ailleurs vous ne me jugez pas indigne de votre alliance , ma fortune ne mettra point d'obſtacle à ma felicité.

PANTALON.

Il n'eſt donc pas vrai que vous êtes ruiné ?

LELIO.

Non , Monſieur , un naufrage que j'ai fait ſur les Côtes d'Eſpagne a donné lieu à ces bruits : vous pouvez lorſque vous voudrez aprofondir la verité.

PANTALON.

Je me rends : ma fille a raiſon.

LELIO.

Permettez , charmante Flaminia , que je vous marque ma reconnoiſſance à vos pieds.

FLAMINIA

Levez-vous, Lelio, je suis si saisie, que je n'ai pas la force de vous répondre.

PANTALON.

Je vous demande pardon, Seigneur Lelio, de l'injustice que je vous faisois; oubliez les , & recevez ma fille pour gage de notre amitié.

ARLEQUIN.

A ce que je vois, les amans valent mieux ici que les autres ; ils sont plus naturels. Ecoutez, vous trouvez donc mon jugement bon ?

MARIO.

Des meilleurs, mon cher Arlequin.

ARLEQUIN.

Je connois que tout ce que vos Loix peuvent faire de mieux chez vous, c'est de vous rendre aussi raisonnables que nous sommes, & que vous n'êtes hommes qu'autant que vous nous ressemblez.

FLAMINIA.

Tu as raison.

ARLEQUIN.

Vous voyez que j'aime Violette, comme vous aimez Lelio, c'est-à-dire, sans songer à l'argent, donnez-la moi.

FLAMINIA.

Je le veux, si Violette y consent.

VIOLETTE.

Mais il est bien joli.

LELIO.

Je t'entends : je me charge de vous rendre heureux.

MARIO.

Allons, qu'on ne parle plus ici que de plaisirs.

Les Jeux & les Plaisirs font un Ballet, après lequel on chante les Vers suivans.

AIR.

Les pompeux nuages
De nos vanitez,
Dans tous nos usages
Nous rendent sauvages ;
Et des lueurs de verité
Font tout le lustre de nos Sages.
Du noir abîme des erreurs
S'élevent de brillans mensonges :
Leur vif éclat séduit nos cœurs,
Sous le nom de vertus nous consacrons des songes

COUPLETS.

Vous achetez vos Maîtresses,
Chez vous sans or , point d'amour ;
On y vend jusqu'aux tendresses ,
   Tandis que les ours
   Dans les antres sourds
   Donnent leurs caresses.

On voit ici la plus belle
Cacher ses traits sous le fard ;
Mais la guenon naturelle ,
   Sans rouge , sans art ,
   Au singe camard
   Ne plaît que par elle.

ARLEQUIN.

Laissez le rouge des femmes ,
Il ne produit point d'erreurs ;
Blâmez le fard de vos ames ,
   Qui masquant vos cœurs ,
   Les rend plus trompeurs
   Que le fard des Dames.

ARLEQUIN au Partere.

Je ne cherche qu'à vous plaire ,
Et j'en fais tout mon objet ;
Si mon discours trop sincere
   Fait mauvais effet ,
   Parlez , s'il vous plaît ,
   Je sçaurai me taire.

FIN.

APPROBATION.

J'Ay lû par l'Ordre de Monseigneur le Garde des Sceaux, une Comedie qui a pour titre, *Arlequin Sauvage* ; & j'ay cru que son impression feroit autant de plaisir, qu'en ont fait les representations. A Paris ce 14. Octobre 1722.
DANCHET.

PRIVILEGE DU ROY.

LOUIS par la grace de Dieu, Roy de France & de Navarre: à nos amez & feaux Conseiliers les gens tenans nos Cours de Parlement, Maîtresdes Requêtes ordinaires de notre Hôtel, Grand Conseil, Prevôt de Paris, Baillifs, Senéchaux, leurs Lieutenans Civils, & autres nos Justiciers qu'il appartiendra: salut. Notre trés-cher & bien amé le sieur Riccoboni, dit Lelio, Nous ayant fait exposer qu'il desireroit faire imprimer les sujets de plusieurs comedies & pieces de Theatre qui ont esté ou seront representées sur le Theatre de l'Hôtel de Bourgogne, même lesdites Comedies ou pieces de Theatre en entier, si elles le peuvent être, en Italien & en François, & en Italien seul, sons le titre de *Nouveau Theatre Italien*, & les donner au Public, s'il nous plaisoit de luy accorder nos Lettres de Privilege sur ce necessaires. A ces causes, Nous desirant favorablement traiter ledit sieur Exposant, & ayant aucunement égard à l'avantage que le Public retirera de l'impression dudit Theatre, avons permis & accordé, permettons & accordons par ces presentes audit sieur Exposant, de faire imprimer ou graver conjointement ou séparément,

en un ou plusieurs volumes , en telle forme, mar-
ge & caractere que bon luy semblera , avec figures, & sans figures, en Italien & en François,
& en Italien seul, lesdits sujets des Pieces qui ont
été ou seront representées sur le Theatre de l'Hôtel de Bourgogne, même lesdites Pieces en entier,
s'il le juge à propos , & de faire graver la musi-
que des airs & divertissemens dont lesdites Pieces
ont été , ou seront ornées , & cela autant de fois
que bon luy semblera ; & de les faire vendre &
débiter par tout notre Royaume pendant le tems
& espace de dix années consecutives , à compter
du jour & date des Presentes : à condition toute-
fois que chaque piece ou volume qui paroîtront
séparément, auront leur approbation particuliere
du Censeur commis pour ce sujet. Faisons défen-
ses à toutes sortes de personnes de quelque qualité
& condition qu'elles soient , d'en introduire d'impression étrangere dans aucun lieu de notre obéïs-
sance, & à tous Graveurs, Imprimeurs & autres,
d'imprimer & graver , ou faire imprimer ou graver , vendre , faire vendre, debiter ni contrefaire
ledit Nouveau Theatre Italien en tout ni en partie, ni d'en faire aucuns extraits , sous quelque
prétexte que ce soit, d'augmentation, correc-
tion, changement de titre , ou autrement , sans
le consentement par écrit dudit sieur Exposant,
ou de ceux qui auront droit de luy , à peine de
confiscation des exemplaires contrefaits , de trois
mille livres contre chacun des contrevenans,dont
un tiers à nous , un tiers à l'Hôtel-Dieu de Paris,
l'autre tiers audit sieur Exposant , & de tous dépens , dommages & interêts ; à la charge que ces
Presentes seront enregistrées tout au long sur le
Registre de la Communauté des Libraires & Imprimeurs de Paris dans trois mois de la date d'i-
celles ; que la gravure & impression dudit Nouveau Theatre Italien sera faite dans notre Roïau-

me, & non ailleurs, en beau papier & en beaux
caracteres, conformement aux Reglemens de la
Librairie, & qu'avant que de l'exposer en vente,
il en sera mis deux de chacun exemplaire dans
notre Bibliotheque publique, un dans celle de notre Château du Louvre, & un dans celle de notre
tres-cher & feal Chevalier, Chancellier de France le sieur Voysin, Commandeur de nos Ordres;
le tout à peine de nullité des Presentes. Du con-
tenu desquelles vous mandons & enjoignons de
de faire joüir ledit sieur Exposant ou les ayans
cause, pleinement & paisiblement, cessant, &
faisant cesser tous troubles & empêchemens contraires. Voulons que la copie desdites Presentes
qui sera imprimée au commencement ou à la fin
dudit Nouveau Theatre Italien, soit tenuë pour
düement signifiée, & qu'aux copies collationnées
par l'un de nos amez & feaux Conseillers & Se-
cretaires, foy soit ajoutée comme à l'Original.
Commandons au pemier notre Huissier ou Ser-
gent de faire pour l'execution d'icelles tous actes
requis & necessaires, sans demander autre per-
mission, & nonobstant clameur de haro, Charte
Normande & Lettres à ce contraires : Car tel est
notre plaisir. Donné à Paris le 24. jour du mois
de Novembre 1716. & de notre Regne le deu-
xiéme. Par le Roy en son Conseil, FOUQUET.

*Registré sur le Registre IV. de la Communauté des
Libraires & Imprimeurs de Paris, page 80. N 97.
conformément aux Reglemens, & notamment à l'Ar-
rest du Conseil du 13. Août 1703. A Paris le 24.
Novembre 1716. DELAULNE, Syndic.*

Et ledit sieur Riccoboni a cedé son Privilege
à Urbain Coutelier, pour en joüir suivant l'accord fait entr'eux.

www.ingramcontent.com/pod-product-compliance
Lightning Source LLC
Chambersburg PA
CBHW070745280626
47162CB00017B/2361